Geheimakte DDR

Episode I

Eine Kommune schottet sich ab

Geheimakte DDR

Episode I

Eine Kommune schottet sich ab

von

Karl Pederson

Herausgegeben von

Stefan Dietrich

Bibliografische Information der Deutschen Nationalbibliothek: Die Deutsche Nationalbibliothek verzeichnet diese Publikation in der Deutschen Nationalbibliografie; detail-
lierte bibliografische Daten sind im Internet über dnb.dnb.de abrufbar.

© 2019 Stefan Dietrich

Herausgeber: Stefan Dietrich

Internet: www.stefan-dietrich.com

Autor: Karl Pederson

Umschlaggestaltung: Stefan Dietrich, Dresden

Herstellung und Verlag: BoD – Books on Demand, Norderstedt

ISBN: 978-3-7504-1307-8

Vorwort des Herausgebers

Werte Leserinnen und werte Leser,

die Ereignisse vor genau dreißig Jahren waren aufregend in vielerlei Hinsicht. Menschen standen zu Tausenden auf den Straßen der damaligen DDR, um für ihr Rechte zu demonstrieren, oft nicht genau wissend, ob sich wirklich was ändert. Doch der Glaube schwang allseits mit und versetzte Berge.

Es bröckelte an allen Ecken und Enden der Republik, nicht nur in der Wirtschaft, sondern auch im Politbüro. Flüchtlingswellen strömten über Ungarn oder Prag gen Westen. Die Funktionäre in Ostberlin waren so gut wie machtlos gegenüber der eigenen Bevölkerung. Zur Aufrechterhaltung des Status-Quo konnte selbst das Zentralkomitee keine Hilfe aus Moskau erwarten. Erich Honecker, der damalige Staatsratsvorsitzende, wurde im Oktober 1989 abgesetzt.

Wie machtlos die Obrigkeit wirklich war, zeigten die Ereignisse am Abend des 9. November 1989. Die Pressekonferenz mit Günter Schabowski ging in die Geschichte ein und brachte die wankende Institution DDR unaufhörlich zum Fallen, bis sie schließlich knapp elf Monate später am 3. Oktober 1990 gänzlich mit der Wiedervereinigung zerbrach.

Doch was, wenn sich eine Gemeinde in der DDR den Umbrüchen während des Mauerfalls widersetzte, indem sie sich komplett von der Außenwelt abgeschottet hat und dies bis heute durchhält? Im Gedankenspiel möchte mein guter und langjähriger Freund Karl Pederson den Leser in die Möglichkeit versetzen, dass sich eine von unbeugsamen Sozialisten bevölkerte Gemeinde auch dreißig Jahre nach der Wiedervereinigung dem Kapitalismus erfolgreich widersetzt. Mit dem vorliegenden Band gibt Pederson den Startschuss für eine Reihe, die in den kommenden Monaten vergrößert wird. Geplant ist eine Serie aus zwölf Bänden, wobei jeden Monat ein Band erscheinen wird.

Lassen Sie sich nun in Karl Pedersons „Geheimakte DDR" in eine alternative Welt entführen und überlegen Sie, ob diese vielleicht doch nicht so abwegig erscheint. Ich überlasse Sie nun den fähigen Händen meines geschätzten Freundes und wünsche Ihnen, liebe Leserinnen und Leser, viel Spaß mit diesem Werk.

Dresden, im Oktober 2019

Stefan Dietrich

Inhaltsverzeichnis

Begriffserklärung

Das vorliegende Werk ist in der Form eines Drehbuchs geschrieben. Wer bereits damit vertraut ist, kann den Teil Begriffserklärung überspringen. Ansonsten folgt hier nun eine kleine Einführung in die Textform des Werkes.

1. Szenenüberschrift

Die Geschichte ist in Szenen gegliedert. Jede neue Szene wird mit einer eigenen Überschrift eingeleitet, welche sich wiederum in drei Teile gliedert:

> ➢ Mit „INNEN" und „AUSSEN" (oder mit beidem) wird angegeben, ob die Szene innerhalb oder außerhalb eines Raumes spielt.
> ➢ Im zweiten Teil folgt die genaue Ortsbezeichnung, z.b. „STRASSE VOR DEM PRESSEHAUS". Dies bedeutet, dass sich die Handlung auf der Straße vor dem Pressehaus vollzieht.
> ➢ Im dritten Teil der Szenenüberschrift wird die Zeit, in der die Handlung spielt näher bestimmt. Hier können Zeitsprünge von wenigen Augenblicken bis zu mehreren Stunden oder Tagen beschrieben werden.

2. Handlung

Die Szenenhandlung ist unter dem Szenentitel oder auch innerhalb der Szene beschrieben. Der Text geht dann über die gesamte Breite der Seite.

Beispiel:

```
Zwischen den relativ leeren Regalen sucht ein junges Pärchen
nach noch benötigten Lebensmitteln. Sie, MARIA (21), fängt
zu lachen an. Daraufhin werfen einige Kunden Blicke auf das
Pärchen. Ihr Mann JOSCHKA (23) kann nicht verstehen, warum
sie lacht.
```

2.1. Fernseher und andere Bildschirme

Wird während der Handlung auf einen Bildschirm oder ähnliches verwiesen, so steht das gesamte Geschehen des Bildschirmes in einem `kursiven Text`.

3. Dialoge

Sprechende Figuren stehen in Großbuchstaben zentriert oberhalb des zu sprechenden Textes.

3.1. Zusatzbezeichnung

Hin und wieder taucht die Bezeichnung (OFF) auf unterhalb der Figur. Es bedeutet, dass die sprechende Figur nicht im imaginären Bild zu sehen ist oder dass sich die sprechende Person am anderen Ende einer Telefonverbindung befindet.

3.2. Anweisung

Anweisungen an die Figuren stehen ebenfalls in Klammern und geben einen tieferen Einblick in ihre Handlungen, Gefühle, Sprechweisen etc.

Beispiel:

```
                    TELEFONSTIMME
        (OFF)
        (mit russischem Akzent)
        Schalten Sie bitte den Fernseher an.
```

Das bedeutet, dass die Person „TELEFONSTIMME" nicht zu sehen ist „(OFF)" und dass diese Person „(mit russischem Akzent)" spricht.

Geheimakte DDR

Episode I

Eine Kommune schottet sich ab

von

Karl Pederson

November 2019

FADE IN:

1   **INNEN. IM BÜRO DES MARSCHALLS DER DDR - ABEND**

Abend des 9. November 1989, kurz vor 19 Uhr.
Der MARSCHALL, ein Mann um die 40, sitzt an seinem
Schreibtisch und arbeitet. Plötzlich klingelt das Te-
lefon. Er nimmt den Hörer ab.

               MARSCHALL
     Basis Dittersdorf. Herrmann, Marschall der
     DDR.

               TELEFONSTIMME
     (OFF)
     (mit russischem Akzent)
     Schalten Sie bitte den Fernseher an.

               MARSCHALL
     Jawohl.

Er schaltet den kleinen Fernseher auf seinem Schreibtisch an.
*AUF DEM FERNSEHBILDSCHIRM: zu sehen ist die interna-
tionale Pressekonferenz mit Günter Schabowski.*

               SCHABOWSKI
     *...Und deshalb äh haben wir uns dazu ent-
schlossen, heute äh eine Regelung zu tref-
fen, die es jedem Bürger der DDR möglich
macht äh, über Grenzübergangspunkte der DDR
äh auszureisen.*

               JOURNALIST 1
     Das gilt...?

               JOURNALIST 2
     Ohne Pass? Ohne Pass?

               JOURNALIST 3
     Ab wann tritt das in Kraft?

               SCHABOWSKI
     Bitte?

               JOURNALIST 3
     Ab sofort? Ab ...?

SCHABOWSKI
(kratzt sich am Kopf)
Also, Genossen, mir ist das hier also mit-
geteilt worden,
(setzt sich, seine Brille auf)
dass eine solche Mitteilung heute schon äh
verbreitet worden ist. Sie müsste eigent-
lich in Ihrem Besitz sein.

Der Marschall wirkt angespannt.

MARSCHALL
Was machen die Genossen da in Berlin?

TELEFONSTIMME
(OFF)
Sie öffnen die Grenzen.

AUF DEM FERNSEHBILDSCHIRM: *zu sehen ist, wie*
Schabowski in den Unterlagen blättert.

JOURNALIST 4
Wann tritt das in Kraft?

SCHABOWSKI
(blättert in seinen Papieren)
Das tritt nach meiner Kenntnis ist das so-
fort,…
unverzüglich…
(blättert weiter in seinen Unterlagen)

In den Augen des Marschalls spiegeln sich Wut.

MARSCHALL
Nein. Viel schlimmer.
(hält kurz inne)
Die verraten sich, ihr Land - uns ALLE!

TELEFONSTIMME
(OFF)
Führen Sie Order 43 aus, Codename Sotsia-
listicheskiy kovcheg - sozialistische Ar-
che!

MARSCHALL
Verstanden! Zu Befehl!

14

Der Marschall legt wieder auf, hält kurz inne und
läuft dann aus dem Raum.

2   **INNEN - KOMMANDOZENTRALE - WENIGE AUGENBLICKE SPÄTER**

Der Marschall betritt den Raum, in dem drei hochran-
gige Generäle sitzen. Diese stehen sogleich auf und
grüßen den Marschall militärisch. Der Marschall grüßt
zurück.

           MARSCHALL
Rühren!

Mit einem Blatt in der Hand kommt einer der Generäle
auf den Marschall zu.

           GENERAL 1
Herr Marschall, das kam eben rein von unse-
ren Genossen aus Berlin.

Der General überreicht dem Marschall das Papier, der
es kurz überfliegt.

           MARSCHALL
Genossen! Die Ereignisse der letzten Jahre
und speziell der letzten Wochen haben darauf hingedeutet. Ich habe soeben von unse-
ren Brüdern den Befehl erhalten, die Order
43 auszuführen.

Die drei Generäle sehen sich gegenseitig an.

           MARSCHALL
Sollten sich hier in diesem Raum Feiglinge
oder gar Verräter, wie in Berlin, befinden,
so können diese den Ort und das gesamte Ge-
lände verlassen.
    (schreiend)
Unverzüglich!

Ein kurzer Moment der Stille.

           GENERAL 2
Ich habe dem Sozialismus meine Treue geschworen.

GENERAL 3
Ich ebenfalls, Herr Marschall.

Der dritte General sagt zunächst nichts. Die Anwesen-
den schauen ihn an, um ihm seine Meinung zu entlo-
cken.

GENERAL 1
Im unerschütterlichen Zusammenwirken mit
der Sowjetarmee und den anderen sozialisti-
schen Bruderarmeen haben wir den Auftrag,
die erforderlichen äußeren Bedingungen für
den Aufbau des Sozialismus und Kommunismus
zu sichern sowie die Kampfkraft und Ge-
fechtsbereitschaft ständig qualitativ zu
vervollkommnen und jeder imperialistischen
Aggression entschlossen zu begegnen.

MARSCHALL
Also keine Einwände. Dann müssen wir uns
erst einmal verkleinern. Führen Sie die Order aus.

Die drei Generäle und der Marschall gehen an ein
Pult, an dem sich vier Schließmechanismen befinden.
Jeder von den Männern zieht jeweils einen Schlüssel
hervor und öffnet einen der Mechanismen, unter dem
sich jeweils ein Knopf befindet.
Alle vier legen die Hände an die Knöpfe.

MARSCHALL
Für den Fortbestand des Sozialismus.

3   AUSSEN. AUF DEN STRASSEN - KURZE ZEIT ZUVOR

Inmitten von recht modernen Plattenbauten befindet
sich ein Konsum, vor dessen Eingang einige Kinderwagen stehen.

4   INNEN. IM KONSUM - SELBER MOMENT

Zwischen den relativ leeren Regalen sucht ein junges
Pärchen nach noch benötigten Lebensmitteln. Sie, MA-
RIA (21), fängt zu lachen an. Daraufhin werfen einige
Kunden Blicke auf das Pärchen. Ihr Mann JOSCHKA (23)
kann nicht verstehen, warum sie lacht.

MARIA
Du hast vielleicht Ideen, Joschka. Doch wo-
hin willst du denn? Doch nur weg von hier.

JOSCHKA
Ich meine ja nur. Ich will auch mal mit dir
und den Kindern raus aus diesem Kaff.

MARIA
Seitdem du mit Manni diesen Brunnen fertig
gestellt hast, seid ihr beide so anders geworden.

JOSCHKA
Irgendwas passiert gerade außerhalb der
Grenzen dieser Kommune. Ich hab' da was von
Manni munkeln hören. Er fährt hin und wie-
der zu den Gemeinden, die unserem Beispiel
folgen.

MARIA
Und?

JOSCHKA
In den größeren Städten dazwischen soll es
Demonstrationen geben - für freie Wahlen
und Grenzöffnungen. Und die Genossen in
Berlin scheinen einzuknicken. Und--

Plötzlich ertönt ein Alarmsignal durch die Lautsprecher im Konsum und auf den Straßen. Die Menschen wenden ihre Blicke auf die Lautsprecher. Es erfolgt eine
Ansage des Marschalls.

MARSCHALL
Achtung! Achtung! Dies ist keine Übung. Ich
wiederhole. Dies ist keine Übung. Bitte
sammeln Sie Ihre Habseligkeiten zusammen,
soviel Sie tragen können, und begeben Sie
sich zu den Bunkereingängen, die Ihnen zu-
gewiesen sind. Ich wiederhole nochmal. Dies
ist KEINE Übung!

Maria und Joschka sehen sich kurz an und rennen dann
zum Ausgang des Konsums.

MARIA
Die Kinder, um Gotteswillen!

5   AUSSEN. **VOR DEM KONSUM - FORTSETZEND**

Der Alarm hallt weiter durch die Straßen. Maria und
Joschka stürmen nebst anderen Personen aus dem Konsum. Sie nehmen ihre Zwillinge aus dem Kinderwagen.

MARIA
Du nimmst Sophie und ich Friedrich.

JOSCHKA
Okay!

Sie wollen gerade mit den Kindern auf dem Arm losren-
nen, da kommt ihnen MANFRED (24, kräftig gebaut) ent-
gegen. Er hält sie ab weiterzulaufen.

MANFRED
Joschka! Nehmt diesen Alarm nicht für bare
Münze.

JOSCHKA
Was meinst du?

MANFRED
Wenn das ein echter Notfall wäre, würde man
uns kaum Zeit geben, unsere Sachen zu pa-
cken.

JOSCHKA
Das wundert mich auch.

MANFRED
Hört zu! Ich hatte vor drei Tagen eine
Fuhre von Berlin nach Dittersdorf. Eine
Fuhre voller Unterlagen über Dittersdorf.
Alles wird nun hier gebunkert. Als ob man
die Gemeinde für die Außenwelt unsichtbar
machen würde.

MARIA
(zu Joschka)
Wir müssen!

                    MANFRED
        Wartet! Wir wurden belogen und hingehalten.
        Honecker ist seit Wochen abgesetzt.

                    JOSCHKA
        Davon haben wir nichts mitbekommen.

                    MANFRED
        Natürlich nicht! Die ganze Republik ist in
        Aufruhr. Nur hier in Dittersdorf ist alles
        beim Status Quo für die Genossen. Man lässt
        uns nicht wissen, was im Rest der DDR los
        ist.

Noch immer laufen Massen von Menschen an Ihnen vor-
bei. Ein Soldat der Volksarmee bemerkt, dass die drei
noch dastehen und tritt hinzu.

                    SOLDAT 1
        Bürger, Sie haben die Anweisung gehört.
        Bitte suchen Sie Ihre Habseligkeiten zusam-
        men und begeben Sie sich umgehend in die
        Schutzräume.

Mit den Kindern auf den Armen folgen Maria und Joschka der Masse. Manfred hängt sich an sie ran und
wartet, bis der Soldat nicht mehr in Hörreichweite
ist.

                    MANFRED
          (leise)
        Wir müssen uns leise unterhalten.

                    JOSCHKA
          (leise zu Manfred)
        Was ist wirklich hier los?

                    MANFRED
        Ich weiß es nicht genau. Aber mit Sicher-
        heit kann ich sagen, dass dies kein Angriff
        ist, wofür wir die Schutzräume aufsuchen
        müssten.

                    MARIA
        Ihr habt schon seit Wochen merkwürdige An-
        sichten.

MANFRED
Überleg' doch mal!
(überlegt kurz)
Ich zeige es euch.

Manfred führt sie in eine Nebengasse.

6   AUSSEN. NEBENGASSE - FORTSETZEND

In einer unbeobachteten Ecke bleiben sie stehen. Manfred holt ein Technoton CORA 2 Radio hervor.

MANFRED
Hier! Hört selbst!

Es ist schwer, etwas herauszuhören.

JOSCHKA
Mach mal lauter!

MANFRED
Das werde ich nicht. Man könnte uns be-
obachten.

MARIA
Joschka, wir müssen!

MANFRED
Hör doch. Es ist kein Angriff. Die Bürger
wollen raus.

MARIA
Wir haben hier doch alles, was wir brau-
chen.

MANFRED
Ich verschwinde jetzt hier.

MARIA
(zu Manfred)
Komm mit uns in die Bunker.

MANFRED
Ich verschwinde jetzt hier, raus aus Dittersdorf. Das jetzt wahrscheinlich zum Gefängnis wird.

MARIA
Wir leben den Sozialismus mehr als sonst
irgendwo. Wie kann das Dorf ein Gefängnis
werden? Eine sozialistische Elitekommune.
Wir alle haben darauf geschworen. Und wir
leben gut in dieser Gemeinschaft.

MANFRED
Maria und Joschka, wir alle haben auf den
Sozialismus geschworen. Ja. Aber der Sozia-
lismus soll Gemeinschaft erzeugen und keine
Separierung. Er soll uns nicht von Menschen
trennen, sondern zu ihnen hinführen.

MARIA
Und unsere Kinder? Sie sollen im Sozialismus aufwachsen. Behütet.

Die Straßen leeren sich allmählich. Den dreien bleibt
dies nun nicht verborgen.

MARIA
Es wird still.

MANFRED
Wenn ihr mit mir mitkommen wollt, dann müssen wir jetzt los.

Manfred geht ein paar zügige Schritte.

MARIA
In die Schutzräume!

Manfred hält inne.

MANFRED
Nein, verflucht. Raus aus Dittersdorf.

Maria und Joschka schauen Manfred nur an. Joschka ist
dabei in seinen Gedanken hin und her gerissen. Er
schaut in die Augen seiner in den Armen liegenden
Tochter.

JOSCHKA
(zu Manfred)
Nachdem der Brunnen fertig war und wir
nicht mehr dieses Tunguska-Mineralwasser

trinken, kamen uns die Dittersdorfer immer
mehr wie Zombies vor.

                    MARIA
Zombies? Wie...?

                    JOSCHKA
Sozialistische. Irgendwas passiert hier.
Und es ist ein inneres Gefühl, das mir
sagt, dass ich meine Kinder nicht hier aufwachsen lassen kann.

Er schaut auf den kleinen Friedrich in den Armen von
Maria und streckt seine Hand zu ihm aus.

                    JOSCHKA
Bitte gib ihn mir. Und wir können ver-
schwinden.

Maria hält den kleinen Friedrich nun enger fest, dabei geht sie langsam einige Schritte rückwärts in
Richtung Straße.

                    MARIA
               (ängstlich)
Nein. Wie könnt ihr...?

                    JOSCHKA
               (flehend)
Maria, bitte!

                    MARIA
               (in trauriger Angst)
Nein! Nein!

                    MANFRED
Wenn, dann jetzt, Leute!

Maria ist nun auf der Straße angelangt, während zwei
Soldaten den Gehweg entlangkommen. Einer von ihnen
ergreift Maria nebst ihrem Kind.

                    SOLDAT 2
Bitte folgen Sie uns.

> MARIA
> (in Tränen)
> Nein!

Sie folgt trotz ihrer inneren Zerrissenheit.
Mit aufkommender Panik stehen Joschka und Manfred wie
gebannt da.

> MANFRED
> Um Himmelswillen! Joschka, lauf!

Beide stürmen los in die andere Richtung. Der zweite
Soldat sieht in die Gasse und erblickt die Flüchtenden.

> SOLDAT 3
> (schreiend)
> Stehen bleiben!

Er zieht seine Waffe und läuft hinterher.
Die von Tränen aufgelöste Maria vernimmt drei
Schüsse.

7   AUSSEN - IN DEN STRASSEN - FORTSETZEND

Manfred rennt die Straße entlang mit Joschka, der die
kleine Sophie trägt. Verfolgt werden sie vom Soldaten
der Volksarmee.

> SOLDAT 3
> (schreiend)
> Stehen bleiben!

Er legt nochmals die Waffe an, während sich die
Flüchtenden einer Straßenecke näher. Er schießt. Die
Kugeln schlagen in den Boden und in Gebäudemauer ein,
hinter der Manfred mit Joschka und Sophie verschwin-
den.

8   INNEN. IN EINEM KELLER - FORTSETZEND

Man sieht, wie die Flüchtenden vor einer offenen Kohleluke anhalten.

> MANFRED
> (OFF)
> Rein hier!

Joschka springt mit Sophie durch die Luke. Manfred springt hinterher und schließt unverzüglich die Luke hinter sich. Während beide geduckt unter dem neben der Kohleluke liegenden Fenster kauern, fängt Sophie an zu schreien.

                    MANFRED
        Schscht!

                    JOSCHKA
        (zu Sophie)
        Beruhige dich bitte! Scht. Scht.

Joschka wiegt seine Tochter, die sich daraufhin beruhigen lässt.
Vorsichtig blickt Manfred derweil durch das kleine Fenster hinaus auf die Straße. Er hört die näher kommenden Schritte des Soldaten und duckt sich wieder weg. Beide kauern unter dem Fenster in der Hoffnung, nicht entdeckt zu werden. Die Schritte entfernen sich nach einer kurzen Weile wieder. Manfred und Joschka atmen tief durch.

                    MANFRED
        Was ist das noch für ein Sozialismus, der
        zulässt, dass auf Menschen geschossen wird?

Joschka beginnt, mit seinem Hinterkopf gegen die Wand zu schlagen.

                    JOSCHKA
        (aufgelöst in Gedanken)
        In einem einzigen Augenblick habe ich meine
        Frau und meinen Sohn zurückgelassen.

Manfred versucht, ihm gut zuzureden.

                    MANFRED
        Hör zu! Wir müssen erstmal hier fort. Drau-
        ßen habe ich einflussreiche Freunde. Wir
        bringen deine Familie wieder zusammen.

                    JOSCHKA
        (etwas erleichtert)
        Danke.

MANFRED
Doch wie kommen wir nun am besten raus?

Joschka überlegt kurz.

JOSCHKA
Der Wald beginnt hinter den nächsten drei
Wohnblöcken. Wenn wir den erreichen, ist es
dann noch einen Kilometer bis zur Kommunen-
grenze.
(bedenklich)
Allerdings müssten wir über den kleinen
Prospekt[1] laufen.

MANFRED
Es ist dunkel draußen. Das wird machbar
sein.

Beide richten sich wieder auf. Manfred öffnet leise
das Fenster und blickt vorsichtig raus.

MANFRED
Die Luft ist rein. Also, los!

Sie steigen durch das Fenster.

9   INNEN. IM BÜRO DES MARSCHALLS DER DDR - WENIG SPÄTER

Soldaten der Volksarmee räumen das Büro aus. Sämtli-
che Unterlagen und Ordner landen in Kisten, die sodann weggetragen werden. Der Marschall steht am Fenster und blickt hinunter. Er sieht die Schatten zweier
Personen, die unbemerkt den kleinen Prospekt überque-
ren wollen. Er greift zum Telefonhörer und wählt.

GENERAL 1
(OFF)
(am Telefon)
Ja, Marschall?

Der Marschall blickt mit dem Hörer am Ohr aus dem
Fenster hinunter.

MARSCHALL
Ist Phase zwei schon angelaufen?

---

[1]Prospekt: hier eine breite Straße mit mehreren Fahrspuren

GENERAL 1
(OFF)
(am Telefon)
Noch nicht, Marschall.

MARSCHALL
(verärgert)
Dann beginnen Sie damit und schließen Sie
die Grenzen.

GENERAL 1
(am Telefon)
Jawohl!

Nachdem der Marschall den Hörer aufgelegt hat, schaut
er nochmals hinunter zum Prospekt und schweift dann
mit dem Blick ab in Richtung des Waldes vor der Kom-
munengrenze.

10   **AUSSEN. IM WALD - KURZE ZEIT SPÄTER**

Es ist dunkel. Zwei Personen streifen durch das
Strauchwerk. Es sind Manfred und Joschka, der seine
langsam unruhiger werdende Tochter schützend in den
Armen hält. Sie halten kurz zum Verschnaufen.

JOSCHKA
(zu Sophie)
Scht. Scht.

MANFRED
(leise)
Runter zur Röder[2]. Die Grenze geht durch
einen etwa hundert Meter langen Abschnitt
quer entlang des Flusses. Sobald wir drüben
sind, sind wir draußen.

JOSCHKA
(zu Sophie)
Scht. Scht.
(zu Manfred)
Der Fluss ist ja nicht breit. Sollte zu machen sein.

---

[2]Röder: Name eines Flusses in Ostdeutschland

26

MANFRED
Und so schnell können sie die Grenze da
nicht dicht machen.

Joschka sieht sich um, als hätte er was gehört.

JOSCHKA
Hast du das gehört?

MANFRED
Komm!

Sie gehen weiter.

11   AUSSEN. AN DER RÖDER - WENIGE AUGENBLICKE SPÄTER

Vor dem Ufer des Flusses führt parallel ein Weg, an
dessen Rand sich größere Sträucher befinden. Manfred
und Joschka kommen durch den Wald und gehen hinter
den Sträuchern in Deckung. Sie schnaufen.

JOSCHKA
Warum halten wir jetzt an?

MANFRED
Psst. Ich muss schauen, ob die Luft rein
ist.

Manfred kriecht durch das Gestrüpp, bis er den Kopf
am Wegesrand herausstrecken kann. Er schaut in eine
Richtung den Weg entlang und erblickt die bewegenden
Taschenlampenlichter eines sich nähernden Trupps Soldaten.

MANFRED
Da kommen sie schon. Sind aber noch gut
zweihundert Meter entfernt. Komm! Wir--

Plötzlich vernimmt Manfred das Klacken eines Geweh-
res, das geladen wird. Neben ihm kommt ein Soldat aus
dem Gestrüpp hervor.

SOLDAT 3
Keine Bewegung, Bürger!

Vor Schreck bewegt sich Manfred nicht mehr.

                    SOLDAT 3
          Langsam aufstehen!

Manfred richtet sich vorsichtig vor dem Soldaten auf.

                    SOLDAT 3
          Waren Sie nicht zwei? Wo ist der andere?

Manfred zuckt nur mit den Schultern.
Auf einmal fängt die kleine Sophie hinter dem Gestrüpp zu schreien an. Der Soldat zielt noch immer
auf Manfred, wendet jedoch seinen Blick kurz auf die
Sträucher.

                    SOLDAT 3
          (in das Gestrüpp hinein)
          Wer ist da? Vortreten? Kommen Sie raus,
          Bürger!

Joschka tritt hervor mit der schreienden Sophie auf
dem Arm.
Leicht überfordert von der Situation, wendet der Soldat seinen Kopf in Richtung des sich nähernden
Trupps.

                    SOLDAT 3
          (schreiend)
          Ich brauche hier Hilfe.

Diesen unbeobachteten Moment nutzt Manfred und stößt
die Waffe mit samt Soldat bei Seite. Es entsteht ein
Rangelei, in der Manfred das Schussfeld der Waffe immer wieder von Joschka und Sophie abwendet.

                    MANFRED
          (zu Joschka)
          Lauf!

Joschka stürmt mit der schreienden Sophie durch den
Fluss.
Manfred kann indes die Waffe und den Soldaten zu Bo-
den bringen. Schüsse fallen durch die herannahenden
Soldaten.
Joschka erreicht das andere Ufer und lässt sich er-
schöpft in die Sträucher fallen, dabei blickt er
nochmal zurück. Er sieht, wie Manfred hastig in den

Fluss spring. Ein Schuss. Manfred fällt in den Fluss
und bleibt regungslos.

> JOSCHKA
> (schreiend)
> Neeeeein!

Der Soldat, der soeben den tödlichen Schuss abgegeben
hat, rafft sich wieder auf mitsamt seiner Waffe und
tritt an den Fluss heran. Er sieht Joschka auf der
anderen Seite, der gerade wieder aufgestanden ist und
wie erstarrt dasteht.
Der Soldat legt nochmals an, kann jedoch nicht schie-
ßen. Zweifel steigen in ihm auf. Er sieht nur einen
Vater mit seinem Kind und legt die Waffe ab.
Joschka wendet sich ab und verschwindet mit seiner
Tochter im Wald.

12   INNEN. SOPHIES WOHNUNG - MORGEN - 30 JAHRE SPÄTER

Morgen des 7. November 2019, kurz nach 7 Uhr.

Die Einzimmerwohnung ist sehr sporadisch eingerich-
tet, nur das Notwendigste.
Der Wecker ertönt. Doch niemand liegt im Bett.
Eine Hand kommt zum Wecker und schalten ihn ab. In
der anderen Hand sieht man einen Kaffee, der sodann
zum Mund geführt wird. Es ist Sophie (31), die schon
fertig angezogen ist.
Im Hintergrund läuft der Fernseher, zu dem sie noch
kurz geht.
*AUF DEM BILDSCHIRM: zu sehen ist das Frühstücksfern-
sehen, dass gerade die Schabowski-Geschichte zeigt.*
Sophie nimmt den letzten Schlug, stellt die Tasse ab
und schalten den Fernseher aus.
Unwohl ist ihr bei dem Gedanken, jetzt raus zu gehen.
Aber sie schlüpft in ihre Schuhe, zieht sich die Jacke drüber und geht aus der Tür. Doch die Tür fällt
nicht zu. Sophie beugt sich noch mal durch Tür und
Türrahmen, um sich Tasche und Schlüssel zu schnappen.

13   INNEN. IM FLUR - FORTSETZEND

Sophie schließt die Tür zu und geht dann den Flur
entlang.
Sie sieht eine ältere Nachbarin, die durch einen vor-
beilaufenden, in Gedanken versunkenen und auf sein
Smartphone starrenden Jugendlichen stürzt und ein

Beutel voller Brötchen verliert. Der Man schaut nur
kurz zu ihr runter, während er weitergeht. Sophie
läuft unverzüglich zu der Dame, um ihr zu helfen.

> SOPHIE
> (zu dem jungen Mann)
> Können Sie nicht aufpassen?!

> JUGENDLICHER
> (verächtlich)
> Muss'se eben ofpassen.

> SOPHIE
> (zu der Frau)
> Komm Sie, Frau Voigt. Ich helfe Ihnen wie-
> der hoch.

Sophie hilft der alten Frau wieder auf.

> FRAU VOIGT
> Danke! Vielen Dank!

> SOPHIE
> Aber gern. Es musste nur nicht sein.

Frau Voigt ist die Verärgerung ins Gesicht geschrieben.

> FRAU VOIGT
> Die Jugend verkommt immer mehr. So asozial
> und unhöflich.

> SOPHIE
> Nun nicht alle.

> FRAU VOIGT
> Nein, nicht alle, aber viele. Das hätte es
> früher, zu meiner Zeit, nicht gegeben.

Sophie hebt noch den Beutel mit den Brötchen auf und
gibt ihn Frau Voigt zurück.

> FRAU VOIGT
> Vielen Dank.

                    SOPHIE
Viele Smombies wandeln umher.

                    FRAU VOIGT
Hä?

                    SOPHIE
Leute mit Smartphones, die nur damit beschäftigt sind, auf das kleine Gerät zu
starren, und dabei wie seelenlose Wesen umher zu wandeln.

                    FRAU VOIGT
Wem sagen Sie das.
  (freundlich)
Sie scheinen ja sowas nicht zu haben.

                    SOPHIE
  (lächelnd)
Ein Smartphone? Doch. Aber ich ziehe eine
wirkliche Konversation dem Ding vor. Also,
dann. Ich bin ein bisschen in Eile. Ich
wünsche Ihnen einen schönen Tag. Passen Sie
auf sich auf.

                    FRAU VOIGT
Danke. Ihnen auch. Und nochmals Danke.

Sophie tritt schnellen Schrittes ab.

14   **INNEN/AUSSEN. IN DER STRASSENBAHN - ETWAS SPÄTER**

Sophie sitzt in Gedanken in der vollen Straßenbahn
auf einem Einzelplatz und blickt aus dem Fenster. Vor
ihr sitzt eine junge Frau mit lautstarker Musik auf
den Kopfhörern.
Die Bahn hält an und die Türen öffnen sich. Personen
steigen aus und andere steigen ein. Auch eine hoch-
schwangere betritt die Bahn, die den Blick durch die
Bahn schweifen lässt, auf der Suche nach einem freien
Sitzplatz. Sie findet keinen, erblickt aber die junge
Musik hörende Frau, die auf einem Sonderplatz sitzt.
Die Schwangere bittet diese um den Platz.

                    SCHWANGERE
Entschuldigen Sie bitte. Darf ich den Platz
haben?

Die junge Frau wirkt angepisst, als sie die Kopfhörer
abnimmt.

                    JUNGE FRAU
        Hö?

                    SCHWANGERE
        Entschuldigen Sie bitte. Dürfte ich bitte
        diesen Platz haben?

                    JUNGE FRAU
        Verpissen Sie sich.

Ratlosigkeit spiegelt sich im Gesicht der Schwangeren, während die junge Frau die Kopfhörer aufsetzt.
Nachdem sich Sophie dieses Trauerspiel angesehen hat,
steht sie auf und bietet der Schwangeren ihren Platz
an.

                    SOPHIE
        Hier! Bitte! Setzen Sie sich.

Die Schwangere setzt sich.

                    SCHWANGERE
        Vielen Dank!

                    SOPHIE
        Aber gern.

Sophie geht zur Tür und blickt die junge Frau ver-
ächtlich an ohne innerlich wirklich Verachtung emp-
finden zu können. Sie ist einfach nur enttäuscht und
steigt beim nächsten Halt aus.

15   AUSSEN. STRASSE VOR DEM PRESSEHAUS - KURZE ZEIT SPÄTER

Sophie kommt leicht hektisch und in Gedanken an den
gerade verlebten Vorfall in der Straßenbahn den Gehweg entlang gelaufen. Da erblickt sie einen bärtigen
Obdachlosen (53), der neben dem Pressehaus sitzt und
in den letzten Seiten einer Zeitung liest.
Sophie kann nicht anders, als etwas Geld hervorzukra-
men und es in den Becher neben ihn hineinzulegen.

                    OBDACHLOSER
          (freundlich)
          Vielen Dank.
          (blickt zu ihr auf)
          Arbeiten Sie hier?

                      SOPHIE
          Ja, als Journalistin.

Sophie entdeckt in seinem Gesichtsausdruck etwas Ver-
trautes, kann es jedoch nicht so recht einordnen.

                    OBDACHLOSER
          Wie heißen Sie?

                      SOPHIE
          (in Eile)
          Ich würde mich liebend gern mit Ihnen un-
          terhalten, aber ich habe es sehr eilig.

Sophie geht eilig zum Eingang.

                    OBDACHLOSER
          Dann noch einen schönen Tag für Sie.

Sophie betritt das Gebäude. Der Obdachlose sieht ihr
noch lange nach, bis er seinen Blick wieder auf die
Zeitung richtet. Zu sehen ist ein Artikel, den Sophie
geschrieben hat.

                    OBDACHLOSER
          (zu sich)
          Vielleicht habe ich nun endlich gefunden,
          wonach ich so lange gesucht habe.

16   INNEN. KONFERENZRAUM - SPÄTER

Im Raum sitzen einige Journalisten an einem großen
Tisch. Sophie kommt hastig hinzu und wendet sich ih-
rer Kollegin LINDA (32) zu, die neben einem freien
Platz sitzt.

                      SOPHIE
          (zu Linda)
          Guten Morgen! Ist der Platz noch frei?

                    LINDA
          Ja. Setzt dich! Guten Morgen?

                    SOPHIE
          Danke.

Sophie setzt sich neben sie.

                    SOPHIE
          Ist der Chef schon da?

                    LINDA
          Nee, noch nicht.

Rasch packt Sophie noch Block und Stift aus.

                    SOPHIE
          Ich kann mir ein Zuspätkommen nicht leis-
          ten.

Der Chefredakteur tritt ein und stellt sich mit erns-
ter Miene vor die versammelte Mannschaft.

                    CHEFREDAKTEUR
          Also Leute, die Verkaufszahlen sind im Kel-
          ler. Mit den bisherigen Themen konnten wir
          niemanden mehr hinterm Ofenrohr hervorlo-
          cken. Was wir brauchen sind Aufhänger.
          Richtige Reißer! Der Bereich Soziales ent-
          fällt. Dafür erweitern wir die Rubriken
          Promis und High Society sowie Sport. Das,
          was interessiert, kommt rein, das, was
          nicht interessiert, fällt weg…

Ein Murmeln geht durch die Reihen.

                    SOPHIE
             (leise)
          Aber der Bereich Soziales ist mein Stecken-
          pferd.

Sophie meldet sich.

                    CHEFREDAKTEUR
          …Sie haben…
             (erblickt Sophie)
          Ja?

34

Sophie nimmt die Hand wieder runter.

                    SOPHIE
        Wo kommen die Kolleginnen und Kollegen hin,
        die bisher Soziales betreut haben?

                    CHEFREDAKTEUR
          (zu Sophie)
        Die dürfen sich aussuchen, in welche Sparte
        sie möchten.
          (in die Runde)
        Also, Sie haben alle vier Stunden Zeit, mir
        neue Knallergeschichten auf den Tisch zu
        legen.

Es herrscht eine Totenstille im Raum. Der Redakteur
schaut in die Runde.

                    CHEFREDAKTEUR
        Los!

Alle stehen auf und gehen aus dem Raum, um sich an
die Arbeit zu machen. Nur Sophie geht zum Chefredakteur.

                    SOPHIE
        Aber der Bereich Soziales ist das, was mir
        liegt.

Er atmet kurz durch.

                    CHEFREDAKTEUR
        Hm. Komm Sie mal bitte mit in mein Büro.

17   INNEN. BÜRO DES CHEFREDAKTEURS - WENIG SPÄTER

Sophie steht inmitten des Raumes vor dem Schreibtisch. Der Chefredakteur steht hinter ihr und
schließt die Tür.

                    CHEFREDAKTEUR
        Okay. Ich möchte ehrlich mit Ihnen sein,
        Sophie.

Er geht durch den Raum und setzt sich an seinen
Schreibtisch.

CHEFREDAKTEUR
Sie haben bisher in Ihrem Bereich wunder-
bare Arbeit geleistet. Keine Frage! Aber es
ist nun mal so, dass wir als Zeitung auf
unsere Verkaufszahlen achten müssen - und
das in der jetzigen Situation mehr als je
zuvor.

SOPHIE
Was sich verkauft, ist nicht immer das, wo-
nach die Menschen wirklich dursten.

CHEFREDAKTEUR
Mag sein.

Aus einer Schublade holt er ein Papier hervor und
legt es auf den Tisch.

CHEFREDAKTEUR
Hier! Die Verkaufszahlen und Umsätze der
letzten Monate. Ich weiß einfach nicht, wie
wir unsere Mitarbeiter weiter bezahlen können.

Sophie nimmt sich das Papier und schaut drüber.

CHEFREDAKTEUR
Und ich weiß auch nicht, wie ich Ihnen das
besser sagen soll, aber…

Sophie löst sich wieder vom Blatt und schaut vorah-
nend auf den Chefredakteur.

CHEFREDAKTEUR
… wir müssen die Belegschaft verkleinern.

Das Blatt legt sie auf den Tisch.

SOPHIE
Und das heißt?

Er atmet sehr tief durch.

CHEFREDAKTEUR
Wir müssen uns leider von einigen trennen.
Und das betrifft unter anderem auch Sie,
Sophie.

Sophie setzt sich.

> SOPHIE
> Wann wollten Sie mir das sagen?

> CHEFREDAKTEUR
> Ich wäre heute sowieso auf Sie zugekommen.

In einem Stapel von Blättern zieht der Chefredakteur einen Zettel hervor.

> CHEFREDAKTEUR
> Dies ist ein Stapel voller Kündigungen. Und dies hier…

Er überreicht Sophie das Blatt.

> CHEFREDAKTEUR
> …ist Ihre.

Sie nimmt das Blatt und bleibt mit ihrem Blick darauf verharren.

> CHEFREDAKTEUR
> (tröstend)
> Nochmal. Es hat rein gar nichts mit Ihrer Arbeit zu tun. Die ist super. Doch rein aus betriebswirtschaftlichen Gründen müssen wir uns nun mal von einigen verabschieden. Und da sind diejenigen, die in den letzten Monaten gekommen sind, die erste Wahl.

> SOPHIE
> Erste Wahl?

> CHEFREDAKTEUR
> Naja, ich hoffe, Sie können es verstehen. Sie sind auch nicht die Einzige, von der wir uns schweren Herzens trennen müssen.

> SOPHIE
> (leise zu sich)
> Nicht die Einzige.
> (zu ihm)
> Was soll nun werden?

CHEFREDAKTEUR
Das Wichtigste ist erstmal, dass Sie beim
Jobcenter vorstellig werden.

Er steht auf und geht zur ihr rüber.

SOPHIE
(leise zu sich)
Das Wichtigste. Beim Jobcenter vorstellig.

CHEFREDAKTEUR
Es tut mir wirklich sehr leid. Sie erhalten
selbstverständlich noch ein sehr gutes Arbeitszeugnis. Ihre Arbeit spricht für sich.

Er reicht ihr die Hand zum Abschied.

CHEFREDAKTEUR
Auf diesem Wege möchte ich Ihnen viel Glück
für Ihren weiteren beruflichen Werdegang
wünschen.

Noch immer überrumpelt von den Ereignissen der letzten Augenblicke rappelt sich Sophie auf und erwidert
die Verabschiedung.

SOPHIE
(traurig)
Auf Wiedersehen.

CHEFREDAKTEUR
Auf Wiedersehen.

Sophie geht aus der Tür, die der Chefredakteur kurz
darauf zu macht. Er verharrt kurz und atmet tief
durch.

18   **INNEN. REDAKTION - KURZE ZEIT SPÄTER**

In der Redaktion herrscht ein reges Arbeiten. Alle
Journalisten sind mit ihrer Arbeit beschäftigt. So-
phie wandert zwischen den Bürotischen hindurch auf
dem Weg zu ihrem. Sie setzt sich und grübelt über ihr
Kündigungsschreiben. Vom Nachbartisch aus sieht
Linda, dass mit Sophie etwas nicht stimmt.

                    LINDA
     (leise)
     Alles okay, Sophie?

Keine Reaktion kommt von Sophie, die mit der Kündi-
gung in der Hand in Gedanken ist.

                    LINDA
     (etwas lauter)
     Sophie?!

                    SOPHIE
     Huh?

Sie schaut zu Linda herüber.

                    LINDA
     Ich wollte wissen, ob alles in Ordnung ist
     mit dir.

Sophie hält das Kündigungsschreiben kurz hoch.

                    SOPHIE
     Das ist meine Kündigung. Ich bin raus.

                    LINDA
     (entsetzt)
     Oh Gott! Ab wann?

                    SOPHIE
     Sofort. Ich bin aber nicht die einzige Per-
     son, die das betrifft.

                    LINDA
     Nicht? Wer noch?

                    SOPHIE
     Hat er nicht gesagt.

Sophie beginnt ihren Schreibtisch aufzuräumen.

                    LINDA
     Und warum?

                    SOPHIE
Er hat mir was von Verkaufszahlen erzählt
und, dass er aus betriebswirtschaftlichen
Gründen handeln müsse. Und da ich erst drei
Monate hier bin, betrifft es unter anderem
auch mich.

                    LINDA
Ist ja Scheiße.

                    SOPHIE
Ja, wem sagst du das.

                    LINDA
Und wie geht es jetzt mit dir weiter?

                    SOPHIE
Ich habe noch keine Ahnung. Zunächst räume
ich hier mein Zeug zusammen. Dann werde ich
mich heute oder vielleicht doch erst morgen
beim Jobcenter melden - arbeitslos und so.

Linda steht auf und geht zu Sophie rüber, um ihr beim
Zusammenräumen zu helfen.

                    LINDA
Tut mir echt leid.

                    SOPHIE
Schon gut. Ich bin auch nicht Journalistin
geworden, um darüber zu berichten, was gerade en vogue ist, welcher Promi gerade
wieder einmal ins Fettnäpfchen getreten ist
oder wer mit wem und warum.

Sophie packt gerade die letzte Sache in ihre Tasche
und gibt einen kurzen Seufzer von sich.

                    SOPHIE
Diese Dinge interessieren mich nicht. Mir
geht es darum, soziale Missstände aufzuzei-
gen. Da draußen gibt es weitaus mehr als
nur Promis oder den alltäglichen Klatsch
und Tratsch.

Sophie zieht sich die Jacke an.

                    LINDA
        (lächelt)
        Sicher. Im Sozialen bist du eine Koryphäe,
        nicht nur bei deinen Beträgen.

                    SOPHIE
        (lächelt zurück)
        Danke dafür. Und dafür, dass du mir hier
        eine tolle Freundin warst.

                    LINDA
        Warst? Wir können gern in Kontakt bleiben,
        wenn du magst.

                    SOPHIE
        Sicher. Das fände ich super.

Sophie schnappt sich ihre Tasche.

                    LINDA
        Tja! Also, dann!

                    SOPHIE
        Ach, was soll's! Komm her.

Sophie breitet ihre Arme aus. Linda steigt darauf
ein. Beide umarmen sich.

19   AUSSEN. STRASSE VOR DEM PRESSEHAUS - SPÄTER

Sophie kommt aus dem Gebäude und geht den Fußweg entlang. Sie schaut auf den Fleck, wo sich am Morgen
noch der Obdachlose befunden hat. Die Stelle ist
leer. Sie geht weiter. Aber der Mann geht ihr nicht
aus dem Kopf.

20   AUSSEN. AN DER STRASSENBAHNHALTESTELLE - ETWAS SPÄTER

Sophie steht an der Haltestelle und schaut kurz an
die Anzeigentafel, um zu sehen, wie lange ihre Bahn
noch braucht. Die Minutenanzeige schaltet von 3 auf
2. Danach lässt sie ihren Blick schweifen.
Auf ihrer Straßenseite bemerkt Sophie eine herunter-
gekommene obdachlose Frau, die bettelnd die Wartenden
um etwas Geld bittet. Während die Frau näher kommt,
packt Sophie ihr Portemonnaie aus und holt etwas
Kleingeld hervor. Mit etwas Kleingeld in der Hand

steckt sie ihr Portemonnaie wieder weg. Die Frau
tritt nun auch an Sophie heran.

> OBDACHLOSE FRAU
> Haben Sie vielleicht etwas Geld für mich?

Sophie legt das Kleingeld in den Becher der Frau.

> OBDACHLOSE FRAU
> Vielen Dank und--

> SOPHIE
> Darf ich Sie etwas fragen?

> OBDACHLOSE FRAU
> Sicher. Ja.

> SOPHIE
> Gibt's einen zentralen Ort in der Stadt, wo
> sich die Obdachlosen tagsüber aufhalten?

Die Frau scheint, mit dieser Frage etwas überfordert
zu sein.

> OBDACHLOSE FRAU
> Einen? Viele! Probieren Sie es am Haupt-
> bahnhof.

> SOPHIE
> Ich suche jemanden. Einen Mann. Etwa fünf-
> zig oder älter mit Bart.

> OBDACHLOSE FRAU
> Zu viele, auf die die Beschreibung zu-
> trifft.

> SOPHIE
> Na gut. Dann trotzdem vielen Dank und einen
> schönen Tag für Sie.

> OBDACHLOSE FRAU
> Danke Ihnen auch.

Die obdachlose Frau geht wieder. Die Bahn kommt und
Sophie steigt ein.

21   AUSSEN. AM HAUPTBAHNHOF - KURZE ZEIT SPÄTER

Die Straßenbahn, in der sich Sophie befindet, hält
vor dem Hauptbahnhof.

22   INNEN/AUSSEN. IN DER STRASSENBAHN - FORTSETZEND

Sophie steht hinter einigen Menschen, die aussteigen
möchten. Die Türen gehen auf und die Masse setzt sich
in Bewegung. Während die anderen Passagiere aussteigen, fragt sich Sophie, ob sie hier wirklich aussteigen will.
Als sie an die Tür kommt, hält sie inne. Sie steigt
nicht aus, sondern setzt sich wieder. Dennoch kann
sie sich einen Blick in Richtung des Bahnhofes nicht
verkneifen. Sie schaut nach draußen. Doch unter den
Obdachlosen am Bahnhof, sieht sie nicht denjenigen,
dem sie am Morgen begegnet ist.
Sie holt ihr Smartphone hervor und sucht nach den
Öffnungszeiten des Arbeitsamts für den nächsten Tag.

23   AUSSEN. VOR DEM ARBEITSAMT - DER NÄCHSTE TAG

Freitagmorgen am 8. November 2019, kurz vor 8 Uhr.
Vor dem Arbeitsamt stehen schon einige Personen di-
rekt vor dem gläsernen Eingang und warten. Sie starren auf ihre Smartphones. Die Raucher stehen etwas
abseits.
Sophie kommt den Gehweg entlang gelaufen und stellt
sich zu den Wartenden am Eingang. Ihr fallen die vielen Smartphone-Glotzer auf. Neben ihr steht ein junger Mann, der kein Smartphone in den Händen hält. Ihm
wiederum fällt auf, dass Sophie keins in den Händen
hält, als Kontrastperson zu den anderen. Er beugt
sich etwas zu ihr rüber.

JUNGER MANN
(leise zu Sophie)
Willkommen im Smombieland

SOPHIE
(schmunzelt)
Ja, der täglich Wahnsinn.

Die Blicke der beiden wenden sich sodann wieder dem
Eingang zu. Es folgt ein kurzer Moment des Schwei-
gens.

                              SOPHIE
                        (zu dem jungen Mann)
                        Ich bin neu hier und--

                            JUNGER MANN
                  Das trifft sich gut. Ich auch.

                              SOPHIE
                  Ouh? Was haben Sie vorher gemacht?

                            JUNGER MANN
                  Nix.

Verwundert schaut Sophie ihn an.

                            JUNGER MANN
                  Lange Geschichte. Und Sie?

                              SOPHIE
                  Ich bin Journalistin.

Der junge Mann pfeift erstaunt.

                            JUNGER MANN
                  Ich heiße übrigens Ben.

Er reicht ihr die Hand zur Begrüßung, die sie erwidert.

                              SOPHIE
                  Sophie.

Ein Wachmann kommt im Inneren des Gebäudes an den
Eingang und schließt diesen auf.
Die Menschenmasse setzt sich langsam in Bewegung. So-
phie und Ben folgen ihr.

24   INNEN. IM WARTEBEREICH DES AMTS- ETWAS SPÄTER

Im Gang vor dem Wartebereich kommt Sophie suchend
nach dem Wartebereich des für sie zuständigen Teams
gelaufen. In ihrer Hand befindet sich ein Zettel. Sie
betritt den Wartebereich, schaut auf das Schild mit
der Bereichsnummer und dann auf den Zettel.

                    SOPHIE
         (zu sich)
    Okay, hier bin ich richtig.

Sie sieht sich nach einem freien Sitzplatz um. Es
sind fast alle Plätze frei. Nur ein Sitzplatz ist be-
legt. Es ist Ben, den jungen Mann von draußen. Sie
geht zu ihm rüber.

                    SOPHIE
         (zu Ben)
    Entschuldige, Ben. Ist der Platz noch frei?

                    BEN
    Ach, da ist ja Sophie, die Journalistin.
    Sicher.

Sie nimmt neben ihm Platz.

                    SOPHIE
         (lächelnd)
    Danke. Dann setz ich mich mal neben Ben,
    den Nichtstuer.

                    BEN
    Nichtstuer? Na ja.

                    SOPHIE
    Oder hast du doch was gemacht?

                    BEN
    Nicht direkt. Ich hab mal studiert.

                    SOPHIE
    Aha! Und was?

                    BEN
    Lehramt auf Bachelor. Habe aber nie abge-
    schlossen.

                    SOPHIE
    Warum nicht?

                    BEN
    Viele Probleme mit den Prüfungen. Was
    soll's. Ich bin eher ein Freund der filmi-
    schen Künste.

                    SOPHIE
Das heißt?

                    BEN
Ich drehe kleine Filmchen. Doch damit lässt
sich kaum Geld verdienen, darum bin ich
jetzt hier.

                    SOPHIE
Sehr erfreut scheinst du ja damit nicht zu
sein, oder?

                    BEN
Ich? Nein! Was da jetzt noch kommt, kann
nur noch moderne Sklaverei sein. Aber was
soll's.

                    SOPHIE
Sklaverei?

                    BEN
Ich habe mal in die Stellenanzeigen ge-
schaut. Der Großteil funktioniert nur noch
über Leiharbeit - eben moderne Sklaverei.
Und da wollte ich nie hin. Aber na ja. Wo
die Liebe hinfällt. Doch was treibt die Sophie hierher?

                    SOPHIE
Arbeitslos. Ich habe für eine hiesige Zeitung gearbeitet. Und was soll ich sagen?
Der Stellenabbau greift um sich, wie in so
vielen Branchen. Nun betrifft's auch mich.

Eine Sachbearbeiterin kommt aus einer Nebentür. Sophie und Ben sind noch emsig ins Gespräch vertieft.
Die Sachbearbeiter stellt sich vor die beiden. Worauf
sie auch die Aufmerksamkeit der beiden erhält.

                SACHBEARBEITERIN
        (zu Ben)
Sind Sie Ben W--

Ohne dass sie den Namen noch vollendend aussprechen
kann, fährt ihr Ben ins Wort.

                    BEN
        Ja, der bin ich.

                SACHBEARBEITERIN
        Kommen Sie bitte mit.

Ben steht auf und nimmt seine Sachen.

                    BEN
          (zu Sophie)
        Also, dann! Viel Glück und verkaufe dich
        nicht unter Wert.

                  SOPHIE
          (schmunzelt)
        Werd' ich nicht. Dir auch viel Glück, Ben!

Ben geht zusammen mit der Sachbearbeiterin.
Sophie bleibt sitzen.
Viele Minuten vergehen, bis Ben leicht genervt wieder
aus der Tür kommt.

                  SOPHIE
          (zu Ben)
        Und? Wie ist es gelaufen?

                    BEN
        Wie es aussieht, werde ich wohl jetzt doch
        Sklave.
          (verweist auf den Zettel in seiner
           Hand)
        Ein Jobangebot. Da darf ich mich jetzt mel-
        den.

                  SOPHIE
        Na dann! Viel Glück.

Die Sachbearbeiter kommt durch die Tür und schaut auf
Sophie.

                SACHBEARBEITERIN
        So, jetzt Sie bitte!

Sophie steht auf.

>   SOPHIE
>   (zu Ben)
>   War nett mit dir.

>   BEN
>   Ja, mit dir auch.

Sophie geht mit der Sachbearbeiterin durch die Tür.

25   INNEN. IM BÜRO DER SACHBEARBEITERIN - FORTSETZEND

Die Sachbearbeiterin kommt mit Sophie an den Schreibtisch. Sie bittet Sophie den Stuhl an.

>   SACHBEARBEITERIN
>   Bitte setzen Sie sich.

Sophie setzt sich. Die Sachbearbeiterin setzt sich
ebenfalls und schaut in die Unterlagen.

>   SACHBEARBEITERIN
>   (zu sich)
>   Ein komischer Kauz.

>   SOPHIE
>   Huh?

>   SACHBEARBEITERIN
>   Der junge Mann von eben. Kennen Sie sich?

>   SOPHIE
>   Was er und ich? Nein, nicht wirklich. Hab
>   ihn heute zum ersten Mal gesehen.

>   SACHBEARBEITERIN
>   Nun ja! Und Sie möchten sich auch arbeits-
>   los melden?

>   SOPHIE
>   Ja.

>   SACHBEARBEITERIN
>   Was haben Sie denn vorher gemacht?

Sophie holt aus ihrer Tasche das Kündigungsschreiben und ihr Arbeitszeugnis. Sie überreicht der Sachbearbeiterin die Unterlagen.

> SOPHIE
> Ich war als Journalistin bei einer hiesigen Zeitung angestellt.

> SACHBEARBEITERIN
> Haben Sie den Meldebogen dabei?

Sophie holt den Meldebogen aus der Tasche und überreicht ihn der Sachbearbeiterin.

> SOPHIE
> Ja, hier! Habe ihn schon soweit ausgefüllt.

Die Sachbearbeiterin schaut drüber.

> SACHBEARBEITERIN
> Okay. Das sieht ganz gut aus. Geboren in Dittersdorf? Welches Dittersdorf ist das denn?

> SOPHIE
> Das weiß ich leider nicht. Aus meinen Adoptionsunterlagen geht leider nicht mehr hervor. Da steht nur Dittersdorf.

> SACHBEARBEITERIN
> Sie sind adoptiert?

> SOPHIE
> Ja.

> SACHBEARBEITERIN
> Keine Sorge. Wir werden Sie schon wieder in die Arbeitswelt integrieren.

26   INNEN/AUSSEN. IN DER STRASSENBAHN - VIEL SPÄTER

Sophie sitzt in der Straßenbahn und durchstöbert die Unterlagen, die sie vom Amt erhalten hat.
Als die Bahn am Pressehaus, dem ehemaligen Arbeitgeber von Sophie, vorbeifährt, sieht sie wieder den bärtigen Obdachlosen. Doch sie sieht ihn, wie er gerade von zwei Männern in dunklen Anzügen attackiert

wird. Sofort springt Sophie auf an die Tür und betätigt den Knopf für den nächsten Halt. Sie schaut dabei gebannt raus zum Ort des Geschehens.

27 **AUSSEN. STRASSE VOR DEM PRESSEHAUS - WENIGE AUGENBLICKE SPÄTER**

Sophie kommt den Gehweg entlang gerannt. Sie sieht nur den Obdachlosen am Boden liegen, während die beiden anderen Männer ihm noch immer zusetzen.

> SOPHIE
> (schreiend)
> Hey! Lassen Sie den Mann in Ruhe!

Die beiden Männer lassen von dem Obdachlosen ab, als sie die rennende Sophie bemerken, und ergreifen die Flucht.
Als Sophie bei ihm ankommt, beugt sie sich über den Obdachlosen und bemerkt, wie schwerwiegend er verletzt wurde. Er steht kurz vor der Bewusstlosigkeit. Sie redet ihm zu.

> SOPHIE
> Hey! Hey! Bleiben bei mir!

Sophie zieht ihr Handy hervor und wählt den Notruf.

> OBDACHLOSER
> Maria? Es tut mir leid.

Er öffnet seine von Blut umgebenen Augen und kann Sophie nur schemenhaft erkennen.

> STIMME DER NOTRUFZENTRALE
> (OFF)
> Notrufzentrale. Hallo!

> SOPHIE
> (ins Handy)
> Ja? Hallo! Ein etwa fünfzigjähriger Mann liegt mit schweren Verletzungen auf dem Gehweg vor dem Pressehaus.

> OBDACHLOSER
> Du bist es.

                    STIMME DER NOTRUFZENTRALE
     (OFF)
     Ist der Verletzte ansprechbar?

                    SOPHIE
     (ins Handy)
     Ja, er reagiert noch, wenn man ihn an-
     spricht.

                    STIMME DER NOTRUFZENTRALE
     (OFF)
     Haben Sie gesehen, wie's passiert ist?

                    SOPHIE
     (ins Handy)
     Ja, er wurde zusammengeschlagen von zwei
     Männern. Die Angreifer sind flüchtig.

                    STIMME DER NOTRUFZENTRALE
     (OFF)
     Okay, ich schicke ihnen einen Krankenwagen
     und die Polizei vorbei. Sie selbst wurden
     aber nicht angegriffen?

                    SOPHIE
     (ins Handy)
     Nein, mir geht's gut.

                    OBDACHLOSER
     Du siehst aus wie deine Mutter.

Diese Äußerung des Obdachlosen versetzt Sophie in Er-
staunen.

                    STIMME DER NOTRUFZENTRALE
     (OFF)
     Hallo! Sind Sie noch dran? Hallo!

                    SOPHIE
     (ins Handy)
     Ja, ich bin noch dran.

                    STIMME DER NOTRUFZENTRALE
     (OFF)
     Krankenwagen und Polizei sind schon unter-
     wegs. Bleiben Sie nur bitte bei dem Ver-
     letzten.

                    SOPHIE
              (ins Handy)
          Natürlich. Haben Sie vielen Dank.

Sophie legt auf, während sie noch immer den Obdachlosen anstarrt.

                    SOPHIE
          Wer sind Sie?

Der Obdachlose atmet schwer und kann kaum noch sprechen. Ihr fällt auf, dass ihm das Sprechen schwer-
fällt.

                    SOPHIE
          Bleiben Sie ruhig. Hilfe ist unterwegs.

28   AUSSEN. STRASSE VOR DEM PRESSEHAUS - SPÄTER

Der Obdachlose wird von zwei Sanitätern in den Krankenwagen geschoben. Einer der Sanitäter steigt hinten
mit ein, während der andere die Tür schließt und sich
noch vorne zur Beifahrertür begibt.
Neben dem Krankenwagen stehen zwei Polizisten und Sophie.

                    POLIZIST 1
              (zum Sanitäter)
          Wo bringen Sie ihn hin?

                    SANITÄTER
          Zum nächstgelegenen Krankenhaus.

Sophie konnte dem Gespräch folgen. Der Sanitäter
schließt die Beifahrertür. Der Krankenwagen setzt
sich mit Sirenengeheul in Bewegung, während Sophie
noch von dem anderen Polizisten mit Zettel und Stift
in der Hand befragt wird.

                    POLIZIST 2
          So, ich fasse nochmal zusammen. Sie und der
          Mann kannten sich nicht? Sie beide hatten
          aber gestern schon mal hier miteinander ge-
          sprochen?

                    SOPHIE
          Ja, das stimmt. Gestern war es nur kurz.

                    POLIZIST 2
Und heute haben Sie den Mann wiedergesehen,
während er von zwei Männern zusammengeschlagen wurde, als Sie hier mit der Straßenbahn vorbeigekommen sind?

                    SOPHIE
Ja, das stimmt.

                    POLIZIST 2
Und die beiden Angreifer konnten Sie nicht
genau sehen?

                    SOPHIE
Das stimmt. Während ich hier vorbeifuhr,
hatten sie sich über ihn gebeugt. Und als
ich hierher gerannt kam, haben die zwei die
Flucht ergriffen, ohne dass ich deren Ge-
sichter richtig sehen konnte.

                    POLIZIST 2
Na gut. Dann wäre das hier Ihre Aussage.

Der Beamte überreicht ihr das Aussageprotokoll. Sie
liest drüber.

                    SOPHIE
     Stimmt.

Der Beamte gibt ihr einen Stift und sie unterzeich-
net.

                    POLIZIST 2
Okay, dann danke ich Ihnen erstmal.
   (zum Kollegen)
Hast du noch Fragen?

                    POLIZIST 1
Nein.

                    POLIZIST 2
   (zu Sophie)
Sollten sich noch weiter Fragen während der
Ermittlung auftun, werden wir uns bei Ihnen
melden.

SOPHIE
Ja, natürlich. Vielen Dank.

POLIZIST 2
Ich wünsche Ihnen noch einen schönen Tag.

SOPHIE
Ja, das wünsche ich Ihnen auch.

Die Beamten steigen in ihren Wagen und fahren davon.
Sophie sieht ihnen kurz hinterher und wendet dann ihren Blick in die Richtung, in der der Krankenwagen
verschwunden ist.

29   **INNEN. KRANKENHAUS, IM WARTEBEREICH DER NOTAUFNAHME -
      SPÄTER**

Die Sitze im Wartebereich der Notaufnahme sind zur
Hälfte gefüllt mit Menschen, die auf ihre medizinische Hilfe warten.
Sophie tritt in den Wartebereich und geht zur Anmeldung.

SOPHIE
Guten Tag!

SCHWESTER
Guten Tag. Was kann ich für Sie tun?

SOPHIE
Vor einer Stunde etwa wurde ein Mann um die
fünfzig eingeliefert mit schweren Verlet-
zungen, weil er zusammengeschlagen wurde.
Er kam mit dem Krankenwagen.

SCHWESTER
Der Mann von der Straße?

SOPHIE
Ja.

Die Schwester an der Anmeldung schaut in den Compu-
ter.

                    SCHWESTER
Nun, da wurde jemand eingeliefert. Dr.
Kraus kümmert sich gerade um ihn und... Sind
Sie eine Verwandte von ihm?

                    SOPHIE
Ich? Ehm, nein.

Eine Ärztin kommt, um mit der Schwester zu sprechen.

                    SCHWESTER
          (zu Sophie)
Dann kann ich Ihnen leider keine weitere
Info--

                    ÄRZTIN
Schwester, haben Sie die Unterlagen für den
Patienten im Zimmer vierzehn?

Sophie schaut auf das Namensschildchen der Ärztin, wo
sie den Namen „Kraus" liest.

                    SCHWESTER
          (zur Ärztin)
Ja, hier!

Die Schwester überreicht ihr die Unterlagen.

                    SOPHIE
Sind Sie Dr. Kraus?

                    DR. KRAUS
Ja?

                    SOPHIE
Vor einer Stunde wurde ein zusammengeschla-
gener Obdachloser hier eingeliefert und--

                    DR. KRAUS
Sie heißen Sophie?

                    SOPHIE
          (verwundert)
Ja?!

                    DR. KRAUS
        Er möchte mit Ihnen reden. Es ist sehr
        schwer um ihn bestimmt. Kommen Sie bitte
        mit.

Beide gehen ab.

30   **INNEN. IM KRANKENZIMMER - WENIGE AUGENBLICKE SPÄTER**

Der Obdachlose liegt in einem Bett, angeschlossen an
viele Geräte. Die Tür geht auf. Die Ärztin stellt
sich an den Türrahmen und bittet Sophie herein.

                    ÄRZTIN
        Kommen Sie bitte. Er hat nur um Sie gebe-
        ten.

Sophie blickt in das Zimmer herein.

                    ÄRZTIN
        Ihm geht es sehr schlecht. Wir konnten
        größtenteils die Blutungen stoppen. Aber
        sein Körper ist dermaßen vom Krebs zerfres-
        sen. Es steht sehr schlecht um ihn.

                    SOPHIE
        Wieso sagen Sie mir das?

                    ÄRZTIN
        Er bat mich, Ihnen alles offen zu legen.
        Einiges hat er mir erklärt, was Sie beide
        betrifft.

                    SOPHIE
        Was uns beide betrifft?

                    ÄRZTIN
        Er ist sehr, sehr schwach. Ich kann nicht
        sagen, ob er noch Tage oder nur noch Stun-
        den hat. Reden Sie mit ihm.

Sophie tritt näher an das Bett heran, während die
Ärztin das Zimmer wieder verlässt. Der Obdachlose
sieht Sophie eine Weile an.

                    OBDACHLOSER
        Setz dich bitte.

Sie setzt sich neben das Bett.

                    SOPHIE
          Wer sind Sie?

                    OBDACHLOSER
          Meine Güte! Du siehst genau wie sie aus.

                    SOPHIE
          Wer?

                    OBDACHLOSER
          Deine Mutter.

                    SOPHIE
          Wer sind Sie?

                    OBDACHLOSER
          So lange habe ich nach dir gesucht.

                    SOPHIE
          WER sind SIE?

                    OBDACHLOSER
          Ich bin dein Vater, Sophie.

Innerlich weiß sie, dass er die Wahrheit sagt. Doch
kann sie es nicht so recht glauben.

                    SOPHIE
          Wo warst du all die Jahre?

                    OBDACHLOSER
          Weg. Eingesperrt. Man hat dich mir wegge-
          nommen. Für Verrückt hat man mich erklärt.
          Aber das war ich nie.
            (schwer atmend)
          Deine Mutter und dein… dein Bruder.

                    SOPHIE
          Mutter und Bruder?

                    OBDACHLOSER
          Sie sind noch da…
            (atmet noch schwerer)
          Sie sind… noch immer da gefangen… Ich habe
          versucht--

                    SOPHIE
Gefangen? Wo?

                         OBDACHLOSER
Dit...Ditters...

                    SOPHIE
Dittersdorf?

                         OBDACHLOSER
...an...an der Röder.

                    SOPHIE
Dittersdorf an der Röder?

                         OBDACHLOSER
Ja. Versteckt. Alles...alles versteckt.

                    SOPHIE
Versteckt?

                         OBDACHLOSER
Abge...abgeriegelt.

                    SOPHIE
Und ich habe noch einen Bruder?

                         OBDACHLOSER
Finde... Finde sie! Befreie sie... Maria und
Frr...

Der Mann nickt weg. Die Geräte beginnen, laut zu
piepsen. Er stirb.
Sophie steht auf, während das medizinische Personal
hereintritt, um ihn wiederzubeleben. Doch alle medizinische Hilfe bleibt erfolglos. Er ist tot.
Sophie steht wie versteinert da. Sie ist innerlich
hin und her gerissen und weiß nicht so recht, was sie
nun noch denken soll und kann. Ihr Leben hat sich in
diesem Moment geändert.

- FORTSETZUNG FOLGT! -